4e

30,086

PIÈCES
AMUSANTES
EN VERS
ET
EN PROSES.

À PARIS;

Chez C. P. GUEFFIER, Libraire, Parvis
Notre-Dame, à la Liberalité.

M. DCC. L.
Avec Approbation & Permission.

Y+

PIECES AMUSANTES

EN VERS
ET
EN PROSES,
ESSAIS.

EGLOGUE.

SUR le penchant d'un côteau,
Assis près d'une fontaine,
Coridon & Célimene
Regardoient serpenter l'eau,
La Bergere vive & belle,
Le Berger Amant fidele.

❦

Coridon sur son Haut-bois,
Chantoit à sa jeune Amante,

L'onde toujours transparent,
Embélit, charme nos bois.
Imités l'onde, Bergeres.
Et foyez toujours finceres.

✤

A ces Loix tout est fujet ;
Ne Pas fuivre la nature,
Ce feroit être parjure.
Etre aimé d'un digne objet,
Et lêtre fans inconftante.
De nos foins est l'efpérance:

✤

En amour être conftant ;
Eh ! non, non ; dit la Bergere ;
La Déeffe de Cythere
Ne fe plaît qu'au changement.
Imitons notre Maîtreffe,
Amant voltigés fans ceffe.

✤

Ce devoir nous est tracé ;
L'onde, en tombant qui pétillle ;
Qui va, revient & fautille,
Marque fa légereté.
Enfant né du badinage,
L'Amour est un Dieu volage;

✤

Damon furvint par hazard ;

Qui termina la difpute.
C'eft le cœur feul que confulte
Un Amant tendre, & non l'art,
Sans être ingrat, ni perfide,
Chacun fuit fon cœur pour guide.

※

CHANSON.

AIR. *Bacchus c'eft toi que je chante.*

AMOUR c'eft toi que j'implore,
Ramene dans ces beaux lieux
Le Berger que mon cœur adore,
Tu feras le plus grand des Dieux. . . . . fin.
La nuit fait place à l'Aurore;
Dois-je paroître feule a fes yeux.
   Amour, &c.
En vain j'y cherche Zamore,
Le perfide eft fourd à mes vœux.
   Amour, &c.
   La gloire a-t'elle tant de charmes
Pour commander à fes Guerriers?
Cruels, vous méprifez nos larmes,
Et volés pour cueillir des lauriers. . . . . . . fin.
        On défire,
        On foupire;
        Mars paroit,
        L'Amour fe taît.

La gloire , &c.
    Dieu des graces ,
    Sur tes traces ,
    Sans tarder ,
  Conduits mon Berger.
La gloire, &c.

✧

Vers envoyés à Mademoiselle **

Par M. B *

DE ma Muse , Cloris , agréés ce présent ,
  Ces petits vers font tes Etrennes ;
  Je me croirois bien payé de mes peines ,
  Si tu daignois sourire en les lisant.

❧

Tout hommage nous plaît , il faut en convenir ,
Il plaît extrêmement quand l'amour l'assaisonne ;
Je puis donc me vanter qu'aujourd'hui je te
    donne ,
    Chere Cloris , un extrême plaisir.
Je t'aime, oui mon cœur s'ouvre dans ce début,
    Tu m'aimes , ce par moi je sai très bien ;
    Et nos cœurs étant but à but ,
J'ose bien me flater de regner dans le tien.

RÉPONSE.

VRAMAN Monfieu de grand Colas,
Vous nous rluquez du haut en bas ;
Mais, ma foi, vous perdez vos pas ;
Car pour vous je ne fommes pas.

J'avons par là trop de raifon
Pour goûter un fade poifon,
D'l'honneur auffi da i'en avons ;
Vos ecrits fout hors de faifon.

Vous, tu, dans un même quartier,
Etrennes venons nous jetter,
Mais bien vous pouvez les garder,
Un fouris s'roit trop les paier.

Amour a très tort de venir ;
Pour enpoifonner le plaifir ;
Qu'il plaife, j'n'en puis convenir.
Fi-donc, vous nous faites rougir.

Trédame, fy de ce début,
Nos cœurs ne font point but à but ;
Si pour vous j'n'avois du refus,
Rime, raifon n'y ferions plus.

Poête eft fait pour rimailler,
Charmant Adonis pour aimer,
Sot pour fe taire & regarder,
Chacun doit faire fon métier.

LETTRE I.

A Mademoiselle de * * *

Mademoiselle,

Vous voulez favoir qu'el fut le divertiffement que nous eûmes dernierement à la Foire de Sainte Colombe; il faut vous fatisfaire. J'avois cependant réfolu de garder un éternel filence, tant par refpect pour la frifure de nos Dames , que par rapport à moi-même ; mais comment refufer une jolie perfonne ? Nos Dames voulurent aller à cette Foire; & pour fe diftinguer , elles formerent la réfolution d'y aller fur des ânes. Dès que le confeil eft levé,

> On me fagote
> En Ecuier
> De Donquichote ,
> Sans étrier ,
> Sans bas ni felle ;

Sur la femelle
D'un vieux grifon,
Dont l'acolade
De rien de bon
Faifoit parade,
Je fus contraint
D'aller mon traint.
Maintes poupées
Des miens parées,
Suivoient mes pas ;
Blancheur aimable,
Vif incarnat,
Mouche adorable,
Pompon fortable,
Jafmins, œillets,
Lis & muguets,
Paroient nos Dames.
Pour leurs attraits,
Filles & femmes
A Rome iroient.
Toutes avoient
Chapeau de paille
Pour t'affronter,
Fils de lâtone,
Sans nul danger.
Chaque Amazone,
De fon courfier,
Parat la tête,
Pompons, rubans,
Tout fut de fête,
Avec le tems ;

De nos ânons
La troupe est prête,
Et nous partons.
Fuiés prophanes,
Gare , voici
La poste aux ânes
Près de choisi
Est le Village
En question ,
Là sous l'ombrage
Chaque Toinon
Et sa Nanon ;
Dansent en joie
Le rigaudon.
A tirer l'oie ,
L'interessé
Est occupé .
Sur la fougere ,
On boit guaiment ,
Et près d'un verre
Sérieusement ,
L'ami Grégoire
Passe son tems.
Dans cette Foire
Sont cabarets
Faits tout exprès
Pour qui veut boire.
Dans ce Logis
On trouve aussi
Bonne cuisine ;
Lucas galant
Donne céans

A sa Claudine,
Colations,
Lubin, Lubine;
Tous y venons,
Jus de la treille,
Tous y buvons,
Et la bouteille
Tous y vuidons.
Tous à merveille
Rions, chantons
Et s'embrassons.

Ne vous imaginez pas qu'il n'y ait que des Villageois dans cette Foire, il y a ce qu'on appelle du beau monde, des petits Maîtres, & des Dames. Déja nous avions fait en triomphe plusieurs tours dans la plaine. Déja je m'applaudissois d'avoir attiré les regards de l'assemblée, quand tout à coup un orage mal honnête vint donner sur les doigts à notre amour propre. Quel coup de foudre pour un chignon bichoné.

Adieu frisure,
Adieu parure;
Que de regrets!
Adieu mes charmes

Et mes attraits.
Ciel que de larmes !
Que de soupirs !
Quels déplaisirs !

Le parti le plus court & le plus sage, fut de laisser passer l'orage, & de s'en retourner après fort tranquillement. Madame mon ânesse qui avoit été paisible jusqu'alors, trouva à propos de se rafraichir dans une orniere pleine d'eau. Sans façons elle se couche par terre, & se vautre à son aise, ce qui soulagea un peu le petit cœur de nos Dames. J'eus mille peine à la faire relever ; mais dès que je fus monté dessus, je la poussai au grand galop, & je regagnai la maison.

Mainte marmaille,
Sote canaille,
Me regardoit,
Et me huoit ;
Dont dans mon ame
Fort j'enrageois.
Plus d'une Dame,
Ainsi que moi,
Etoit chagrine,
Et faisoit mine,
De bon aloi.

Prudes & Bigotes ne convient
jamais dans ces fortes d'occafions.
Pour moi, je fuis plus fincere , &
je vous dirés que je peftois d'auffi
bon cœur que je fuis , &c.

LETTRE II.

A MONSIÉUR ***

PErme's-moi, cher ami, de te
féliciter de la nouvelle décou-
verte que tu viens de faire ; Mon-
fieur D..... eft fans doute capable
de te conduire dans le chemin que
tu veus tenter. Peut-on demarcher
avec un tel guide. Les lauriers dont
il eft couvert , écarterons les buif-
fons, & il a, je crois, toutes les
vertus pour faire un Maître & un
ami.

L'ami qui pour nous s'intereffe ;
Ne fait point flater nos défaus,
Et ne fuivant que fa tendreffe,
Il nous arrache à mille meaus.

O vous qui brulans d'un beau zéle.
Tentés une route nouvelle,
C'eft cet ami qu'il faut chercher ;
Qu'il faut & confulter & croire,
Dans la route de la victoire,
Sans guide on ne fauroit marcher.
Le Nôcher qui craint le naufrage,
Suit toujours le flambeau des cieux,
Et près d'effaier fon courage,
Le Guerrier confulte fes Dieux.
Qui ne croit que lui feul s'égare.
Neptune vit tomber Icare
Le plus orgueilleux des humains,
Et le fupoft de Paul Emile.
Paia fon ardeur indocile,
Du fang de dix mille Romains.

Je n'aurai plus à préfent la har-
dieffe de luter avec toi. Nous ne
ferons plus rivaux, mais nous n'en
ferons pas moins amis. Je fuis, &c.

EPIGRAME I.

Pour Mademoifelle ✲✲✲

NON ce n'eft plus Minerve tant pronée
Qui ja préfide aux ouvrages des mains.
Une Déeffe à Pallas preferée,
Va recevoir par l'ordre des humains,

Le roial Sceptre. Infensés que vous êtes
Vous ignorés les maux qu'on vous aprêtes.
Ne croiés point à de feintes douceurs;
De vos bienfaits vous ferés la victime.
Jadis Pallas demandoit votre eftime,
Et * * * ench.înera vos cœurs.

EPIGRAME II.

Portrait de Mademoifelle * * *

UN jour Jupin étant en train de rire,
Propofe aux Dieux de fe peindre un tableau
Sur qui Momus ne pût même rien dire.
Chacun voulut avoir part au gateau.
Les jeux, les ris, tous enfans de Cythere,
Broient déja lis & vif incarnat,
Infuite, amour vint qui les emploiat.
Tout près, Junon s'approche la premiere,
L'air noble & grand fut ce qu'elle donnat.
Digne préfent d'une telle Déeffe.

Thétis y mêle un charme de bonté,
Dame Vénus l'orne de la beauté,
Et la Pallas y joignit la fageffe.
Tableau parfait, Le nom de * * *
Lui fut donné, puis au Sire Apollon
Il fut enjoint, ainfi qu'à Promethée,
D'exécuter fur le facré vallon
Ledit portrait. Or l'ame exécutée
Fut par Phébus. Le Seigneur n'eft pas fot.

Il la fit bien, & l'ame étoit parfaite:
Fils de Japhet aussi fit bien son lot.
Jamais ne fut machine si bien faite,
Or un seul point. Au lieu de la douceur,
Le pauvre sot ne plaça que rigueur.

FIN.

Lû & approuvé ce 17 Janvier 1750.
CREBILLON.

VEU l'Approbation, permis d'imprimer, à la charge d'enregistrement à la Chambre Syndicale, ce 21 Janvier 1750.

BERRYER.

Registré sur le Livre de la Communauté des Libraires & Imprimeurs de Paris, No 3378. conformément aux Réglemens, & notamment à l'Arrêt du Conseil du 10 Juillet 1745. A Paris le 7 Février 1750.

LE GRAS